울음이 난다면

너는 다정한
사람이야

울음이 난다면

너는 다정한
사람이야

초판 1쇄 발행 2023. 9. 1.

지은이 조영지, 박준태
펴낸이 김병호
펴낸곳 주식회사 바른북스

편집진행 황금주
디자인 김민지

등록 2019년 4월 3일 제2019-000040호
주소 서울시 성동구 연무장5길 9-16, 301호 (성수동2가, 블루스톤타워)
대표전화 070-7857-9719 | **경영지원** 02-3409-9719 | **팩스** 070-7610-9820

•바른북스는 여러분의 다양한 아이디어와 원고 투고를 설레는 마음으로 기다리고 있습니다.

이메일 barunbooks21@naver.com | **원고투고** barunbooks21@naver.com
홈페이지 www.barunbooks.com | **공식 블로그** blog.naver.com/barunbooks7
공식 포스트 post.naver.com/barunbooks7 | **페이스북** facebook.com/barunbooks7

울음이 난다면

너는 다정한
사람이야

조영지, 박준태

에세이

이제야 만났네요, 당신이라는 가장 낭만적인 사건을.

지금부터 저와 아끼는 사건들을
만들어 보시겠어요?

바른북스

모두 행복해 보이지만 각자의 업이 있습니다

그런데 왜 힘들고 괴로운 일은 한꺼번에 몰려오는 것일까요?

자꾸 안 좋은 생각만 들고 그럴 때는 아무것도 하기 싫습니다

그럴 때 일어나서 물만 마셔보고

손만 움직여보고

신나는 노래 들어보고

그렇게 작은 일 하나씩 해보다

어느 순간 일어서 나갈 힘을 얻습니다

가끔,

세상이 버거울 때

어떻게 살아야 하지 막막할 때

나만 혼자인 것 같을 때

살고 싶지 않을 때

다정한 친구의 위로에 힘이 나고
무심코 마주친 모르는 사람의 미소에 웃음 짓게 되고

아무 생각 없이 떠난 여행에서 삶의 희망을 얻기도 합니다

우연히 이 책을 들었다가
편안함을 느끼고
당신의 길을 희망차게 걸어나갔으면 좋겠습니다

원래 인생은 힘들고 고되고
모두 행복해 보이지만 누구나 각자의 고민이 있습니다

혼자 힘들지 않고 괴롭지 않다고 생각하며

함께라면 즐거우니, 우리 함께 이 책을 즐겼으면 좋겠습니다

2023년 5월

조영지

나에게 글쓰기란 마음을 마중하는 일이었다.

눈에 보이는 것과 들리는 것만을 믿었던 게으른 내가 글이라는 도구를 잡고 미세하게나마 덜 게으른 사람이 되어가고 있다. 많이 사랑스럽고 미웠던 세상을 기록하려는 도전은 작은 세계도 가까이서 바라보거나 섬세하게 해석하도록 만들었고 좁은 내가 넓은 세상과 공존해 나갈 수 있는 귀한 시선을 얻게 해주었다. 더 이상 나로서 용기가 없어질 것 같을 때 썼고, 세상 구석구석의 사정들을 이해하고 싶을 때 썼다. 그리고 아름다운 타인들의 들리지 않는 마음을 조심스럽게 헤아려 보고 싶을 때도 여전히 썼다.

이 책을 통해 미지의 독자께 전하고 싶은 메시지는 '벗'이다. 작은 내가 그려내는 가장 보통의 세계와 서로의 세계를 함께 그려내는 일은 쓰는 나와 읽는 이들의 세계가 같다는 것을 의미한다. 용기를 갖고 다시 한번 고개를 끄덕이는 내가 될 수 있도록 만들어 준 여정의 이야기가 당신에게도 닿아 힘들 때 등을 쓸어주며 어깨를 토닥여 줄 수 있는 가까운 벗이 되는 것이 나의 작은 소망이다. 많은 이들에게 신세를 지고 살아가는 내게 이어지는 날들은 여전히 계속될 것이고 필연적으로 나의 소망도 계속될 것이다.

지나온 시절을 돌보기 위해, 다가올 시절을 귀하게 여기기 위해, 과거와 미래를 이어주는 지금이라는 찰나의 소중함을 그냥 보내지 않기 위해 오늘도 쓴다. 적게 알고 짧게 살았던 내가 남은 생에서 바라는 건 나를 씩씩하게 만들어 준 눈부신 세상에 대해 힘이 닿을 때까지 묘사하는 것이다. 그럴 수 있도록 덜 이기적이고 덜 뻔뻔한 내가 됐으면 좋겠다. 세상의 언어를 빌려 쓰는 내가 작은 세상도 결코 소홀히 하지 않았으면 좋겠다. 실패하는 날이 더 많겠지만 자신과 타인과 세상과 사이좋게 지내는 일에 성공하는 날이 더 많았으면 좋겠다.

마지막으로 영영 닿지 못할 것 같은 세상에 맞설 수 있도록 반짝이는 용기를 건네준 다정하고 지혜로운 작가 조영지 님에게 이 자리를 빌려 감사의 말을 전하고 싶다.

2023년 봄

박준태

목차

1부

행복하게 살아,
그거면 돼

조영지

그저 안아주면 돼

서로의 마음을 어루만져 주는 일
그저 한 번 안아주면 돼.
시가 생각나는 밤

누군가가 그리운 밤

서로의
마음을
어루만져
주는일

너는 눈부시게 아름답다

오늘 밤이 지나면,
우리 다신 못 볼지 몰라

그래도 우리가 함께 보낸 이 밤은
그럼에도 바라봐주자.

관심을 가져주면 모든 것이 아름답다.
구체적인 것은 희망을 준다.

빛났던 날이 지나고
혹여 어두운 밤이 있다고 우리
너무 슬퍼하지 말자.

저 별 끝에 빛이 진다고 해서
별이 사라지는 건 아니니까.

관심을
주면
모든것은
아름답다.

행복한 순간, 바로 지금

참 힘들다.

그래도 우리 봄에 죽자.
은밀히 한 곳, 진달래가 피었다.
우리 엄마가 참 좋아했던 꽃인데,

사랑 그게 뭐라고
가장 소중한 너를 뒤에 두니.

꽃이 활짝 피는 봄을 기대하며 살아가요. 우리

넌 참 괜찮은 사람이야.

온몸에 힘을 빼고
그대로 잠겨 들어간다

오늘은 오늘만 살아보아요.

중요한 건 꺾이지 않는 마음.

결국, 우리는 해낼 것이다

넌 참, 괜찮은 사람

우리는 미치지 않았다

조금 미쳐도 된다

염원을 담아,

꽃도 향기를 흩날린다

최선을 다해.

꽃도 향기를
흘 날린다
최선을
다해

즐기는 그대가, 위너

나는
나로
나의 존재.

모든 살아있는 것들은
아름다움이다

너로 인해
나로 인해
우리의 이야기.

우리의 세상
함께인 이유
사랑의 이유

오늘, 이 순간이 좋아.

오늘 이순간이
좋아

너

가장 소중한 존재

내게로 왔다.

따뜻한, 마음의 별.

아가야, 너는 그래도 된다.

너는 그대로 된다.

너는 빛

세상에 모든 아름다운 것들에게

가끔은 잊는다.
내가 소중한 사람이란 걸
아끼고 배려해
사랑한다는 것.
사랑한다고 멈추어 서준 고마운 것들
너는, 사랑의 결정체

사랑한다고
멈춰서준
고마운
것들♥

네가 행복했으면 좋겠어

글을 쓰다가

행복해지기 위해서
몰두할 수 있는 자신만의 인생을 위해
글쎄, 이 영화의 결말은 아직.

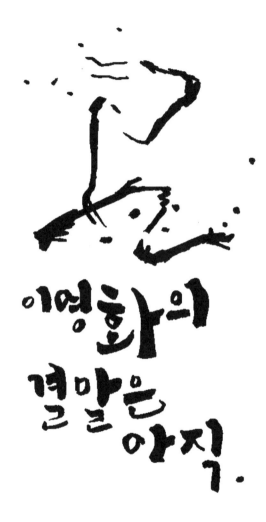

이영화의
결말은
아직.

너답게 살길

받아들인다. 라는 것은
스며드는 것

너의 인생이 무지갯빛이 되어 찬란히 빛나리.
열심히 살다 보면 좋은 일들이 있겠지

나는 너를 응원할 것이다.

나는 너를 응원할 것이다

너는, 어머니의 모든 것

바라보고,
이름을 불러준다는 것
새로운 것을 만난다는 것

너의 웃음,
너는 예쁘고 예쁘고
또 예쁘다.

쓸모없는 것은
쓸모없다는 것으로
쓸모 있다.

넌 예쁘고

예쁘고

또 예쁘다~

2부

항상,

네가 먼저야

너의 무대를 펼쳐라

보는 게 세상이 된다.
세상을 아름답게 볼지어다
즐길 마음의 준비

준비된 만큼 즐길 수 있다.
나만의 리듬으로
즐겁게 스윙을

그렇게 인생은
댄스댄스.

그렇게
인생은
댄스댄스

잘했어! 너니까 그만큼 한 거야!

비로소 보이는 것들
일몰이 더 빛난다.

가벼운 것들
무거운 잡상.

떠날 수 있을 때 떠날 수 있다는 것
행복의 기원은

비우자.

세상에 소리쳐

지금 이 순간 가장 행복하기.
매일 순간의 깨달음

행복한 모든 건 피어나고 있다.
시야의 관철.
얼마나 대단한 혁명인지!

자연스러움!
봄이 온다. 또다시!
모든 것들은 아름다울 이유가 있다.

쓰러지고 일어나고
쓰러지고 일어나고 웃고

봄바람 부는 날,
행복을 느낀다.

별빛이 너의 머리 위에 쏟아져

어제 오늘 내일
오늘의 반복.

행복을 찾아서
흐르는 물속에 헤엄치는

흘러 흘러
봄바람이 느껴진다.

아 행복하다.

한 걸음씩
산티아고 가는 길.

움직인 만큼 행복은 찾아온다.

인생의 챕터
별빛을 따다.

너는 언제나 웃었으면 좋겠어

서로의 언어
여러 가지의 마음
가고 오고 가고

인생은 아직 그게
일만이천 번 정도 남았을 텐데
백번 정도 밖에 해보지 않은 나는

백한 번째의 이별이

처음인 것처럼 왜 이렇게 어려운지 모르겠다.

서랍의
언어

네가 그리운 날

그리운 날이면 떠났다.
먼 길을 떠난 우리

언젠가
그 길 끝에

우리가 다시 만난다면,

어느 이름 모를 새소리 이야기
흙바닥에 쓴 이름 이야기
노을 녘의 그 쓸쓸함

가끔, 모든 걸 놓고 싶었던 찰나의 순간까지

서로의 눈을 바라보며
마음을 담자

보고 싶었다고.

보고싶었다고.♥

이미 넌 행운, 세상에 태어났으니

크지 않고 비싸지 않은
행복

살아가는 힘
사랑

최고의 순간을 만드는 것
인생

마지막에 많이 웃는 사람보다
자주 웃는 사람이 되는 것.

의미 없는 인생에서 의미를 찾아내는 일.

자주
웃는 사람이
되는 것

사랑은 가치를 만들어낸다

더 좋은 사람이 되고 싶게 만들고,
세상 가장 좋은 것만 주고 싶고,
주면 줄수록 더 행복해지는,

꽃이 지듯
사랑하는 이에게는
머물게 된다.

맴맴 울리는 매미 소리
너는 여름을 닮았다.

사랑은 첫눈처럼 온다.

사랑은
척눈처럼
온다

사랑해, 그대

떨어지는 나뭇잎에,
지나간 걸 버리고

다시 돌아오는 봄에,
희망을 본다.

반드시 봄은 온다

우리는 나는,
너를 믿어

어떤 일이 있어도 너는 잘해 낼 거야.
너를 위해 오늘도 기도를 할게

고생 많았어.
사랑해.

고생 많았어,
사랑해

♡

그대, 오늘도 멋지다!

오늘도 길 떠나는 우리 모두에게

용기 희망 꿈
그것만 챙겨주고 싶네.
많이 웃자
그것만 기억해.

3부

**사랑은 언제나
　　　너의 옆에 있었다**

청춘, 그 자체로

불안하다는 것은 도전하고 있다는 것이다.

두렵다는 것은 도전하고 있다는 것이다.

노력하다는 것은 도전하고 있다는 것이다.

청춘

청춘

너의 의미

행복은 멀리 있지 않다

그렇다고 가까이 있지도 않다

마음먹은 만큼의 거리에 있다.

열심히는 필요 없다.

즐겁게는, 해야 한다

즐겁게는
해야한다

겨울이 되면, 우리 체온을 나누자

12월 내가 가장 사랑했던 뉴욕
어두울수록 노랫소리는 널리 울려 퍼진다.

겨울이다.
잘 지내고 있니?
좀 더 나은 내가 되고 싶게 만드는 사람.

온전히 나였던 이곳,
왜 겨울이 오느냐고 묻지 않듯
너는 왜라고 묻지 않던 그곳.

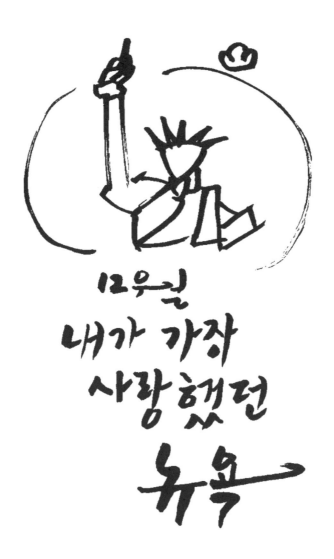

12우월
내가 가장
사랑했던
뉴욕

마음속에 별 하나는 있어야지

불타는 그해, 스페인 마드리드.
그대의 인생에 축복이 함께 하기를

마음속에 별 하나는 가지고 살자.

빠르게 보다 바르게
푸르른 눈부신 하늘

절대 포기하지 마.

오랜만에 기다리던 것이 오니

좋다.

오랜 만에
기다리던
것이
아니 좋다

너는 슬픔조차 빛나

순간이 소중한 이유는 돌아오지 않기 때문이다.

고양이의 울음소리에
미소를 지어본다

언어는 달라도
이해했다.

너와 나는

컵 위의 입술 자국만 남기고
행복해지기 위해 너를 잊기로 했다.

허물만 남긴 사랑에
어제는 사랑했고 오늘 이별한다

우리는 쉽게 오해하고
계절도 쉽게 온다.

애쓰지 않고 자연스럽게.

어떤 선택 앞에서도 너답게 살길

인생은 혼자 살아가는 것이다.
무엇인가에 의지하는 것이 아니라,

가장 소중한 자신을 믿고 가는 것이다.
스스로 힘으로 더 멋있게 살아가기 위해,

자신을 책임지는 사람은 '언제 무엇을 할지를' 안다
다른 사람에게 나의 약점을 주지 않는다.

다른 사람에게 나의 인생의 결정권을 주지 않는다.
평등하고 존중하는 관계가 유지된다.

그대 모든 걸 다 잃더라도 아름다움만은 잃지 않길.

아름다움만은
잊지말길

내가 듣고 싶은 말

우리가 누군가에게 위로가 되는 존재라면,
언어의 결이 아름다운 사람은 나무 같아 함께 있으면
편안함을 느낀다.

마음은 언어로 나타난다.
말의 힘은 상상 이상이다. 말은 살아있는 어떤 것보다 더
생생한 존재이다.

인생이란, 그 사람의 말 자체이다.
한마디의 말이 사람을 살릴 수도 죽일 수도 있다.

'낙화난상지'라는 말이 있다.
한번 떨어진 꽃은 다시 가지에 달릴 수가 없다.

이미 발생한 일을 되돌릴 수 없듯, 말도 주워 담을 수 없다.

편안함

혼자서도 행복한 건강한 사람이 되길

사람이라면 누구나 겪어야 하는 게 고독이다.
고독의 유희들
고독한 미식가, 집중할 수 있는 행복

백만 광년의 고독 속에서 한 줄의 시를 읽다. 류시화

나의 별은 어디서 노숙하는가? 은하수

고독하다는 것은 아직도 나에게 소망이 남아 있다. 조병화

고독하다는 것은 사랑할 준비가 되어 있다. 이정하

울지 마라 외로우니까. 정호승

고독한 것은 잔잔한 떨림. 조영지

고독의
우희들

네 앞에 있어서 좋다, 너의 미소를 볼 수 있어서

밤의 궁전을 걷는다.
밤이 더 아름다운 그곳

바다가 둘러싼 불빛이
잠시 숨을 멎게 한다.

인간이 두 발로 걷기 시작한 것은 태초의 시작이었으리라.

걷는 것은 생존의 집착.
삶의 투쟁. 살아남음.

시간의 벽을 뛰어넘어 불꽃 향 맡는 순간,
우주의 시절 웅장함을 느낀다

"인간아 네가 인생을 알긴 아니?"

하늘에 반짝이는 불빛이 다시 이슬을 비추고 진주목걸이 되어
내 목에 건다.
네가 좀 더 따뜻해졌으면 좋겠다.
조금 더 따뜻해져 편안해지고 평온해지길.

이 마음 이 글로 다 담지 못해 안타까운 마음만 한 송이
불꽃으로 피었다.

너는, 사랑 그 자체

사랑이 전부는 아니다. 대부분이다.

인생은 너무나 짧다.
우주의 시간으로 인간의 삶은 4초이다.

사랑만 하고 가자.
그래도 모자란 시간이다

조금 더 베풀고 조금 더 사랑하자.

우리가 지구별 여행에 온 이유는 하나다.
사랑하고 사랑받기 위해서 왔다

인간은 삶의 이유가 사랑이다.

4부

네가 있어서 얼마나
다행인지 몰라

눈빛은 더, 빛나게

두 눈을 감고 두 손을 편히 무릎 위에 두자
그리고 가만히 내 마음을 들여다보면 작은 빛 하나가
보일 거야

그 빛은 점점 다가와 등불처럼 켜질 거야
마음에 등불을 유심히 보면

그 빛이 너를 이끌 거야
아마 불이 잘 보이지 않아 헤맬 수도 있고
그 불이 꺼지지 않을까 고민이 될 수도 있을 거야

하지만 그 불은 항상 그 자리에 있어
무언가에 가려 보지 못하는 것뿐

그 마음의 등불을 켜고
너의 삶에 너의 주인으로 살렴

주인으로 산다는 것은 너를 인생의 중심에 두게 될 거야

소중한 것이 너의 주위에 아주 많겠지만 가장 중요한 것은
너란다

네가 존재하지 않으면 세상 아무것도 존재하지 않는 것이야
항상 너를 가장 소중한 존재로 다루기를 바랄게

인생을 살다 보면 많은 것들이 너의 삶을 해하려 할 거야
너에게 소중한 것을 빼앗거나 너의 존재를 거부해야
하는 상황이라면,

용기와 결단을 가지고 싸우기를 바란다
너에게 소중한 것을 빼앗는 것들과 싸우는 것은 의지이자
투쟁이란다

너의 삶은 너의 것임을,
기억하럼 너의 의지대로 살려 하면
후회 없는 선택하게 될 거야

여기 지구별에 온 이유가 행복하려는 것이라는 걸, 기억하면 돼
나는 언제나 너의 편

행복할 권리와 의무를 지닌단다

지구별 여행에서 용기와 결단을 가지고 행복 여행을
하다 보면,
어느새 흘러흘러 아주 멋진 곳에 도착해 웃고 있을 거야

오늘도 너의 삶에 주인이 되어 용기와 결단을 가지고
노력하는
나는 너의 삶을 응원해!

예쁜 너에게 주고 싶은 말

내가 할 수 있는 일과 없는 일을 구분하고
할 수가 있는 일에 박차를 가하고
할 수 없는 일은 내려놓는 일.

그러한 지혜를 갖기 위해
끊임없이 배우고 성장하는 일.
하루를 감사히 사는 일.

화가 날 때는 내 감정에 휩싸여
나를 잃지 않는 일.

사랑할 때는 열정적으로 사랑하고
그것이 아닐 때는 미련 없이 떠나는 일.

나를 기분 나쁘게 하는 것을 되씹는 것은
쓰레기를 받아 간직하는 일.

온전한 행복이란
어떤 삶을 살지라도 행복할 권리가 있다.

소중한 너를 떠올리며

가야 할 땐 비가 와도 간다
사랑이 지나가도 눈부신 그대여

오늘 사랑에 최선을 다하라
사랑해라 시간이! 없다

파도가 친다고 누구를 탓하랴?

사랑이 없는 사람이 없듯이
사람이 없는 사랑도 없다

눈부신 그대여.

사랑을 하자 자신부터

아름답다고 말하지만
정작 꽃은 꽃인 줄 모르는

가장 아름다웠던 뜨거웠던 여름이 지나가고 열매가 맺기 전
떨어지면 죽는 꽃이라는 것을 깨닫고

한없이 슬퍼하고 눈물을 흘렸는데
꽃이 지고 열매가 맺더라.

아름다움이 지고

누군가의 목구멍에 걸리는 열매가
이젠 열매로 끝이구나 하는 가을이 지나가니

썩어 문드러져 끝났구나 한 걸음이 되었을 때
새로운 싹이 돋더라.

겉모습만 보고 아름답다고 화려하다고 향기롭다고
열매와 거름과 새싹이 있었는데

너는 꽃이라 불리지 말고

그저 너는,
너의 삶에 열정

그중에 가장 위대한 세상, 너

심해 속을 가본 적이 없듯
마음속 깊음을 알지 못했다

보지 못한 것을 믿지 못하듯
나는 너를 믿지 못하였다

푸른 것이 정녕
푸르다는 것을 안 것은

이글거리며 타오르는 태양 아래 바다

너와 헤어지고 돌아오는 길에
가로수 불빛이 유난히 높아 보이고

사무치는 마음속에
수많은 별이 박혀있는 밤하늘이

비상은
한 계절을 살기 위해 10년을 땅에서 보내는
매미가 느끼는 삶의 무게에

가벼운 것들이

더 큰 삶의 무게를 가지고 날아오를 때

비상을 본다

살아있다는 것은 위대한 것이다

의미 없는 인생에 의미를 더하는 것

쇠똥구리가 똥을 굴린다.
남의 눈치를 보지 않고 그저 굴린다.

쇠똥구리가 똥을 굴린다.
묵묵히 자기 일한다. 할 수 있는 만큼 한다.

쇠똥구리가 똥을 굴린다.
불만 없다. 그저 완성하겠다는 의지만 있을 뿐.

쇠똥구리가 똥을 굴린다.
무너져도 다시 만든다.

쇠똥구리는 온몸을 다해 똥을 굴리고
갑옷 안에 붉은 심장을 가지고 산다.

나도 쇠똥구리만큼 살아야지.

쇠똥구리만큼
살아야지

그때의 마음

미영이와 싸운 날
새초롬 해가 얄미운 날
친구랑 싸우고 돌아가는 길
흙 사이 풀도 밉고
꼬리 치며 반기는 백구도 싫다

혼자 돌 던지며 노는데
미영이가 옆에 앉는다
같이 돌을 던진다

우리 집에 가서 놀래?
미영이의 말에 못 이기는 척
같이 일어난다

꽁꽁 얼어붙었던 내 마음이
사르르 풀린다

밉다 밉다 밉다
같이 있는 미영이가 날 보고 웃는데
봄날의 햇살같이 마음이 녹는다

세상에서 젤 미웠던 미영이가
세상 누구보다 좋다

햇볕이 따스하고
풀도 예쁘고 백구도 귀엽다

친구랑 싸우고 돌아오는 길은
세상과 싸우고 돌아오는 것 같다

그래도
나는 미영이가 세상에서 젤 좋다
같은 반이 또 되었으면 좋겠다

우리 이야기

그냥 내일 죽더라도
좀 덜 억울하게 오늘 사는 거지

속력을 내야 할 때야
그걸 알면 세상이 조금 더 재밌지

그때 그 시절이 그리운 건
웃고 있는 내가 그리운 것일까?

내 마음속의 빛
그게 나의 신

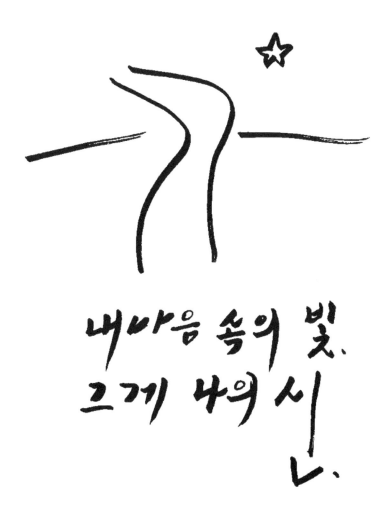

내 마음 속의 빛.
그게 나의 시.

너답게 보내는 법

빛나는 찬란한 여름. 그해 손님이 찾아온다.

흔들리는 나뭇가지와 함께.

너무나 섬세하여 작은 것에도 흠집이 나는 첫사랑도

함께 찾아온다.

지금은 조금씩 닳아 마음마저 닳았지만,

첫 기억,

그 나이 그 계절 그 향기

우리는 상처받지 않으려 많은 감정을 외면한다.

그리고 다음 사랑해 줄 것들을 하나씩 줄인다

감정에 솔직하다는 것은 가장 큰 행운이다.

우리는 모두 엘리오였고 올리버였다.

그해 여름.

그해손님
그해여름

사랑하는 너, 수고했어

오지 않을 것 같지만, 반드시 온다.
봄을 이기는 겨울은 없다

봄은 안으로부터 온다
지금 이 순간, 봄이다.

고요히 눈이 녹기를 기다려라.
봄엔 사랑하라.

찬란하다. 그대도

수고 많았다. 봄아. 여기까지 오느라

수고 많았다
봄아
여기까지
오느라

5부

너는 나에게
위로이자 삶의 용기야

고래의 꿈

누군가에게는 허무한 시간이
누군가에게는 모든 것을 건 시간,

한때 지상에서 걷던 동물이 바다에 살려면 얼마의 시간이
필요할까?
또 그 동물이 살던 바다가 사막이 되려면 얼마의 시간이
필요할까!
앞다리가 지느러미로 바뀌는 시간이 얼마나 길었을까?

3,700만 년이라는 고래의 계곡, 드래곤의 전설을 만나는
길은~

그 호기심의 본질은 그것을 통해 현재를 알고 미래를
예측하고 싶은 것에서 출발한 것들,

꿈은 꿈꾸는 자의 것이다.

꿈은 꿈꾸는
자의 것이다

사람과 사랑이 합쳐져 삶이 아닐까

삶 안에 사람 사람 안에 사랑
사랑이 우선인지 사람이 우선인지 삶이 우선인지는
모르겠지만

사랑이 없는 사람이 없듯이
사람이 없는 사랑도 없다

아마
삶이란,,

너란 사람을 알게 되었다는 사실만으로도
나의 삶은 의미가 있었다

그걸 죽기 전에 알아 참 다행이다
삶의 의미를 알게 해준 너에게 참 고맙다

그렇게 의미 있는 삶을 살고 싶다. 너와 함께

너와
함께.

온전하다는 것

법구경
행복도 내가 만드는 것이네
불행도 내가 만드는 것이네

진실로 그 행복과 불행
다른 사람이 만드는 것이 아니네.

사실, 모든 답은 나에게 있고
꽃길을 걷는 것을 선택하는 것도 나

온전한 행복을 선택하는 것도 자신

행복할 용기

나

노르웨이의 숲을 가다

나를 기억해줘 나오코
죽음은 너 옆에 있는 일상이다 기즈키
초록을 뜻하는 그 생기를 가진 미도리
악수 같은 섹스를 나눈 레이코

그리고 주인공 와타나베

와타나베와 나오코의 대화에서 미친 순수함과 사랑의
달콤함의 대사

기즈키와 와타나베와의 관계는 죽음은 일상이다
먼 곳에 있지 않다

마지막 장면 멍하니 미도리에게 전화를 거는 와타나베를
보며 초록의
미도리 이름을 미도리로 지은 이유가 하루키의 의도

레이코의 51번째의 노래를 듣고 악수 같은 섹스 내용을
보며 글이 주는 필력

비명 같은 소설이 생각나면
가을인 것 같습니다

자신에 대한 믿음

"괜찮아, 더 잘되려고 그래"
네가 가장 힘들 때 내가 옆에 있어 다행이야

"지금 아무리 슬프고 사는 게 힘들어도 당신은 반드시
행복해져"
깨지지 않은 것만으로도 가치가 있다

내가 가고 싶은 길을 천천히 걸어 나가자

그리고
당신이 가장 중요해

당신이
가장 중요해

잘될 수밖에 없는 사람

힘든데도 억지로 버틸 필요는 없다 그대로도 괜찮다
삶은 살기 아니면 죽기

나답게 살기

아마도 우리에게 가장 필요한 건

진실로 진심을 털어놓을 존재

진실로 진심을
털어놓을
존재.

힘내 잘될 거야

굿모닝
오늘 하루 아주 잘 보내길 바라

사랑하는 나에게
오늘도 선물 같은 하루를 보내길

굿나잇
오늘 하루 수고 많았어

사랑하는 나에게
누가 뭐래도 난 네 편

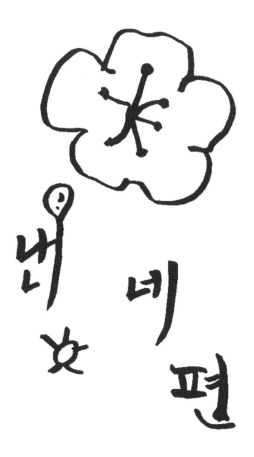

너와 함께라면

여기서 행복하자,

여기서 행하자

여기서,

이곳

여기서
행복
하자

너는 우주다

그대,
그대가 웃을 때

온 우주가 그대만 바라본다.
그대의 웃음은 우주에서 가장 강력한 에너지라는 걸,

웃자!

그대여!

너는 우주다

그대도 걸어 나가길

아직도 세상은 못 본 곳이 많고
세상은 찬란한 기적 같은 곳이고
우리네 인생도 계속 같이 걸어가는
사람을 만나서 보석 같은 여행을 하고

그러다 마지막 남은 나는 책을 한 손에
집으로 달이 밝고 휘영청 별빛이

그리고, 최선을 다해 행복해야겠다

6부

사랑스러운

너에게

박준태

오래 보는 일

누군가의 오래된 사람이 되길 원하는 나는
누군가를 오래 보는 일도 필요하겠습니다.

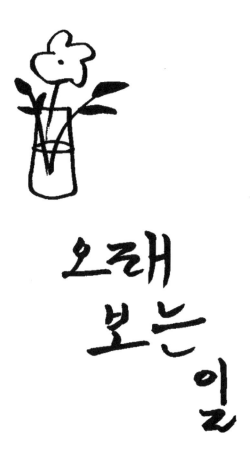

오래
보는
일

소리의 고향

두근거리는 마음으로 듣기 시작했다. 소리의 고향을 추적하고 해석하는 일에 타고난 사람처럼 타인의 마음을 귀중하고 조심스럽게 들어 보고 싶었다. 모서리까지 구석구석 들어 볼 순 없겠지만 때로는 보이지 않고 들리지 않는 소리를 들어야 함을 아는 이들의 세계처럼, 열이 오른 이마에 젖은 손수건을 얹어 줄 수 있는 이의 따뜻한 마음처럼 사랑을 담아 듣고 싶었다. 뭉클한 침묵이 담긴 누군가의 소리를 소중하게 간직하다 그들에게 되돌려주고 싶다.

두근거리는
마음

오래될 타인들

　태어나 만나게 된 타인 중 비교적 깊은 밤을 함께 나눌 수 있는 타인이 있다. 그리 탁월하지 않아도 너와 보낸 밤은 깊었고 아름다웠으며 소름 끼칠 정도로 날것의 내가 된다. 나를 드러낼 수 있는 타인이 얼마나 많았던가. 숨겨온 자신을 한껏 드러내도 불편하지 않았던 우리. 그렇게 만만치 않은 개인이 닿아 책임을 나누는 사이가 되는 것. 방황을 나눠볼 수 있는 사이가 되는 것. 침묵과 시끄러움 그 사이에서 조금은 자유로운 사이가 되는 것. 알지 못했던 너와 유관해지는 일이 생과 닮아 보였고 너라서 안도했고 다가올 세계와 유의미해질 수 있음에 부풀었다.

날것의
내가 된다.

꿈을 꾼다는 것

 넘어가는 해를 보다 지독하게 차갑던 시절이 내 동화를 해칠까 두려웠다. 속으로만 삼키던 눈물을 견딜 수가 없어 한참을 울다가 넘어오는 해를 보며 아무 곳에서나 울어도 아무 곳에나 동화를 두진 말아야겠다고 생각했다. 가장 좋아하고 가장 싫어하는 사이이자 끝내고 싶거나 시작하고 싶은 사이, 너무 멀거나 너무 가까운 사이라서 많이 아프고 서운하지만 빛나고 예뻤던 내 동화를 사랑할 수밖에 없었다.

사랑할
　수밖에
　없었다.

여수행

흐트러지거나 씩씩하지 못한 시절을 겪었다.
당신은 내가 일군 세계가 좋다며
이 밤이 아깝거든 함께 여수에 다녀오자 했다.

여백

손편지를 주고받던 시절 당신이 보내온 짧은 몇 자와 여백을 뒤늦게 꺼냈다. 긴 새벽을 마음으로 실었을 그날의 당신을 나는 잊을 수가 없을 것이다. 쉽게 느껴버린 숨과 외딴섬을 동경했던 그날, 다 알면서도 몰라주던 당신의 연정을 나는 잊을 수가 없을 것이다. 이제야 머무르는 이가 되어가는 내가 여백을 채워가는 일을 그만둘 수는 없을 것이다.

손편지를
주고 받던

오리의 계절

　세상의 다정함을 느낄 때, 안전함을 느낄 때, 그렇게 살아갈 만함을 느낄 때 찾아왔던 비극. 그 지긋한 계절마저 사랑했던 오리에게, 그 무엇도 사랑하지 말라던 여우의 말도 불행을 파고들지 말라던 당나귀의 말도 작은 오리가 무얼 할 수 있겠냐며 떠들었던 호랑이의 말도 소용이 없었다. 세상에 믿는 구석이 있는 오리는 모두가 외면했던 낯선 계절과 함께 오래된 계절이 되어갔다.

낯선 계절

무한의 가능성

세상에게 시선을 옮기면 바다의 사정과 꽃의 형편과 계절의 속삭임이 보인다. 누군가에게 시선을 옮기면 이곳저곳에서 피어나는 들꽃처럼 연약한 모습과 강한 모습과 아름다운 모습의 마음들이 보인다. 그 마음은 크기도 모양도 다양했고 어둡거나 눈부시도록 복잡했다. 무엇보다 가깝게 바라볼수록 영롱했던 마음은 모든 것이 사라지고 생겨나는 광활한 우주처럼 누군가의 유일무이한 기원이자 언어이자 무한의 가능성이었다.

바다의 사정
꽃의 형편

수호

너답게 살고 있느냐고 스스로 자문했던 일이
내 몸과 마음을 수호하고 있었습니다.

너답게
살고 있느냐

우리의 날들

바람이 많이 불던 날에도
시린 손을 내놓는 건 씩씩하게 걷기 위함이라 했고

당신의 손을 잡아 내 호주머니에 깊이 찔러 넣었던 것이
함께 손을 두르며 이어질 우리의 날들이었다.

서로를 눈에 담던 모습은 어제와 같았고
더 오래여도 좋겠다고 생각했다.

서늘한 바람에 많이 괴로워서
그 바람을 사랑하지 않을 수가 없었다.

7부

다정한

너에게

어제의 내가

　잠들 수 없을 만큼 반짝였던 너의 밤들이 많이 환해서 무모하거나 불안해도 들뜨거나 설레는 날들이 이어지고 있었지. 마르거나 굽어있는 길도 놓아주지 않으며 곧은 길로 만든 너는 그렇게 한참을 걸었어. 아무도 믿지 않는대도 너만은 믿었던 길에서 위축되는 널 봤는데 제일 열심히 걷던 길을 잃는다는 것이 슬펐어. 아름다운 너의 사연을 사랑하는 내가 사연으로만 남아감을 지켜보며 생각했지. 너는 왜 이렇게 겁쟁이가 되어버린 걸까. 많은 이들의 마음을 작게 만들어버린 세상에도 큰마음을 굽히지 않았던 너는 멀리 왔고 좋은 날들과 함께 했으므로 내가 될 나에게 가장 그리운 날들의 너를 보내.

가장 그리운
날들의
너를 보내.

살아있게 되어서

　살아있게 되어서 끌어안고, 우수수 떨어지고, 떠도는 계절에, 흐르다가, 멈추다가, 아낌없는 마음 되었다가, 낡아 버린 마음 되었다가, 고요하다가, 지껄이다가, 가능을 익히고, 버릇처럼 기억하고, 반복하고, 틀어막고, 긴밀해지다, 내밀해지다, 살아지는, 사유하는, 여겨지는, 살아있게 되어서, 살아있게 되어서.

저어새

    자신을 부정하며 겪었던 수많은 계절 속에 나는, 계절 나기에 실패해 죽어가는 저어새와 같았다. 삶이 나를 사랑할 때까지 나는 삶을 짝사랑할 뿐이었다. 자신에게 사랑을 건네는 방법을 몰랐던 저어새는 자신이 아픈 줄도 몰랐다. 태어나 처음으로 물가에 비친 자신의 모습을 마주한 저어새는 자신에게 말을 걸기 시작했다. 그로부터 한 걸음씩 한 걸음씩 삶의 여행자가 되어갔다.

너에게

"세상을 알아가며 아픈 일이 많았을 너는, 너를 살게 하기 위한 삶의 방식으로 분명 힘들었을 거야. 가슴 벅차오르는 기쁜 일에 나아갈 힘을 얻기도, 비를 세차게 맞으며 세상 앞에 무너져 우는 날도 있었겠지. 그래, 사는 것을 알아가고 보이는 것이 많아질수록 아픈 일이 많아. 하지만 세상에 태어나 부딪히고 넘어지고 일어서길 반복했던 너는 꽤나 근사하고 예쁘다. 그런 너는 앞으로도 더욱 눈부신 네가 될 거야."

더욱 눈부신
네가 될 거야.

머무는 이

행복이란 것이 상처로 다가옴을 알았을 때
당신이 행복을 설득하길 멈추고
내 곁에 든든한 풍경으로 머문 것에 안도했습니다.

머무는 이

친구야

별로 친하지 않은 애랑 만나 덜 아는 애로 안 보이려고 성숙한 척을 한다. 그러다 너무 대단한척하는 애를 보고 있으면 혼자 철들지 않은 사람이 된 것 같아서 막막해진다. 그때 너를 만나는 거야. 네가 울렁거릴 정도로 친근해서 잠깐은 덜 섬세하거나 애쓰지 않거나 게으른 내가 되어 우습게 떠들지. 나머지 밤도 같이 나눌 우리의 날들에는 덜 안다고 무시하기 없기다.

친구,

출생의 비밀

  열다섯 살 때부터 친구였던 애가 오랜만에 안부를 묻는다. 살만하냐는 말에 지금껏 나로 살만했나 생각해 보다가 대답한다. "내 출생의 비밀이 알고 싶어." 그럼 애는 잠시 정지해 버린다. "또 개소리네." 아무래도 개소리를 하게 된 지금의 내게 문제가 있는 것 같다. 최초의 내게 도대체 무슨 일이 있었던 것인가. 가끔 이해되지 않는 나여도 어쩌겠나. 나는 난데. 그러다 가끔씩은 또렷하고 예뻤던 내가 떠올라 위풍당당하게 말한다. "나로 태어나서 존나 다행이야!" 그러자 애는 또 잠시 정지한다.

아프지 말고

"응 나야, 몸은 좀 어떤가 해서. 고단하지 않아? 목이 잠겼네. 고맙긴 당신이 그랬어. 많이 다정해서 내가 우는 날 많았지. 추운데 오래 나가 있지 말고. 당신은 꼭 새해 앞두고 아파. 참, 이럴 때는 넉넉하지 않아도 괜찮대도. 울거나 쉬고 싶을 때 전화하고, 이듬해엔 아프지 말고."

보통으로부터

세상이 미세하지 않다고 믿거나 나로만 빼곡하거나 하던 때 도장 할아버지가 남긴 말이다. 우리는 세상의 언어를 잠시 빌릴 뿐이라고, 되갚기 위해서는 결코 작은 세상도 소홀히 하지 말아야 한다고. 글을 쓰며 빌려온 언어를 책임지는 일을 생각해 본 적은 없었다. 다만, 내 모든 사건이 작은 것에서부터 이어짐을 알았을 때 여기저기서 다가오는 보통의 소동들을 사랑하게 됐다.

보통의
소동

며칠 밤

당신과 내가 서먹하거나 익숙하거나 하는 복잡하게 반짝이는 밤들을 보냈습니다. 봄보다 이르게 가는 것이 계절과 상관없어지길 바라거나 반쯤 낡아버린 것의 오래된 사연을 믿거나 기다리지 않던 일이 일어나거나 멈춰주길 바라는 날도 함께 이어지고 있습니다. 그 며칠이, 지나간 날과 다가올 날 사이에 머무른 우리의 너머를 바라보는 일과 닮아 보였습니다.

우리의 너머를
바라보는 일

8부

어여쁜

너에게

당연한 우리

날 좋아하느냐고, 그럼 당연하다고, 우리는 왜 당연하게 좋아하게 된 걸까. 당연하게 이야기하고 당연하게 나란히 걷고 당연하게 웃고 울고 반복하다가 당연하게 서럽거나 지저분해지고 당연하게 빛나던 우리의 날들이 너무나 당연해지는 바람에, 당연하지 않은 걸 알게 된다면 얼마나 무서울까. 함께 낡아지거나 함께 버려지거나 생각하고 싶지 않은 날들에 먹먹하다가 그냥 조금만 당연하기로 했다. 그러면 너는 너로 살고 나는 나로 사는 일들이 같이 당연해질 테니까. 너로 채우고 나로 채우면서 서로에게도 채울 수 있을 테니까.

너로 채우고
나로 채우면서

주는 사람

모든 것을 주어야만 함께할 수 있는 이가 있었다. 그렇게 모든 걸 주었다간 서있을 힘도 없게 될 것 같아서 덜 주는 연습을 하다 보니 그는 떠났다. 그는 내가 내쫓은 사람이라 했고 나는 주고 싶다 말했다.

주는 사람

사라진 소리

    둘은 서로를 꼭 끌어안았다. 사랑과 그리움과 애틋함과 귀중함처럼 다양한 소리가 담긴 여자의 포옹과는 달리 남자의 포옹에는 아무런 소리도 들리지 않았다. 떨림 없는 남자의 포옹을 여자는 알고 있었다. 마침내 헤어짐의 끝에서 여자는 말했다. "우리 소리 없이 껴안자." 여자는 사랑했던 마음도 미련도 후회도 아무런 소리도 담지 않은 채 그를 안고 갔다.

사랑과
그리움

너를 두는 밤

달을 보다가 나지막하게 흥얼거렸던 것은 받아들이기 무섭던 하루가 너무 반짝이는 바람에 다짐을 이룰 것 같았기 때문이다. 차가웠던 달도 따뜻했던 달도 아닌 그저 눈부신 달빛만이 내렸는데 아무것도 없을 거라 생각한 그곳에서 나를 모르는 너와 너를 아는 나를 만났다. 더 사랑하는 사람은 알아야만 하는 걸까 생각하다가 문득 그런 내가 부자인 것 같았다. 눈인사를 건네는 달빛과 나란히 걷다가 그곳에 너를 두고 홀로 왔다.

달을
보다가

사랑스러운 때

커다란 등대를 보러 다니던 해
어떨 때 사랑스러웠냐 묻는 너에게
매 순간 예쁘던 네가 예쁘지 않아 보일 때
사랑스러웠다 말했다.

내가 예쁘지 않을 때도 있냐며
발개진 볼의 네가 우습고 아름답고 벅차서
생에 이만큼 사랑스러운 때를 만난 것에 흥분돼
자꾸 웃음이 났다.

내 몸과 마음에 동시다발적인 너의 사랑스러움이
번지고 있었다.

자개운

그가 지닌 촘촘한 빛깔이 짙거나 깊어도 좋다.
다만 빛깔을 잃지 말아라.

아픔과 용서의 빛으로 누군가의 눈물을 닦아주던 그는 곱다.
다만 가장 맑은 날 비추고 사라지지 말아라.

마음 마중

 울고 싶은 마음이 동이 날 때까지 실컷 울었습니다. 그간 길었을 여정에 애잔했던 마음일지도 모르겠습니다. 마음은 말간 얼굴로 울었던 나를 달랬습니다. 때론 흐려진 마음을 한껏 적시고 나면 마음이 자신을 내어주는 일을 겪습니다. 생에 긴 시간 동안 신세를 져야 할 마음에게 해줄 수 있는 일이라곤 마중하는 일이었습니다. 늘 기다렸던 마음이 덜 기다리도록 말입니다.

마중하는

일

무의식 사전

    나에게 나를 내어주지 않는 것만큼 냉정한 일이 있을까. 오늘도 깊숙한 나를 쓴다. 알지만 모르는, 한때 의식했지만 의식하지 않는 나를 기록하는 것이다. 어쩌면 그것은 깊은 동굴 속에 빠진 나를 구조하는 일일지도 모른다. 앞서가는 나를 마주하고 싶거나 지금의 나인 채로 답답하거나 나를 조금 사용하는 것 같을 때마다 쓴다. 이미 낡아버린 무의식과 변하지 않는 무의식 그리고 새로 자리 잡은 무의식들이 서로 뒤엉켜 내가 된다. 이것은 나를 해석하는 시간, 나를 반영하는 시간, 가장 원초적인 나다움에서 위로를 얻는 시간이다. 아무것도 쓰지 못할 때가 많지만 그래도 쓴다. 나를 내어주는 일에 최선을 다하며 영영 완성하지 못할 무의식 사전을 꺼내본다.

나를 기억하는
시간

생의 봄

　피지 못했다는 생각에 봄 앞에만 서면 작아졌다. 그럼에도 꽃봉오리가 되고 싶었던 나는 터져 나온 눈물 한 줌과 사과와 화해 한 줌 그리고 총천연색의 꿈 한 줌을 꾹꾹 눌러 담았다. 연고 없는 사이가 될지도 모른다. 다만 나의 한 줌들을 꽃봉오리로 만들어 줄 것은 언제나 차갑고도 뜨거운 봄이었다.

차갑고도

뜨거운 봄.

사랑을 주세요

고요하게 소리가 없던 꽃이
누구보다 자신의 마음을 외치고 있어요.

피고 지며 다시금 피어나는 과정을 보내는 꽃이
눈물을 벗 삼아 피워가고 있어요.

더 아름답고 강한 줄기를 뽑내며 피어날 꽃에게
마르지 않는 사랑을 주세요.

사랑을
주세요 ─ v

9부

아끼는
너에게

우리의 만남

사랑하고 아끼는 달꽃 같은 당신!
어렵게 만난 우리는 저문 바다를 사이에 두고 있었어요.
그렇게 당신을 꼭꼭 숨겨둔 세상이 바다에 길을 내어줬던 날
세상을 초월한 우리의 만남이 시작된 거예요!

우리의
만남이
시작된거에요♥

필연과 우연

못난 구석이라 함은 필연으로 겪어내야 했던 지나온 시절이라 생각한답니다. 누군가에게 닿을 필연의 슬픔과 기쁨이 가슴속에 오래 머무르길 바라며 온 마음을 담아 적어보겠습니다. 그렇게 우리는 우연으로 그리고 필연으로 다시 우연으로 다시 필연으로 이어집니다.

우연으로
다시
필연

마지막 생

나는 당신의 손을 꼭 잡고 생각했다. 아끼는 이의 죽음을 예견하고 그 사람 앞에 서는 것, 그 사람의 마지막 이야기에 함께하는 것. 그것은 엄격하지만 예사로우며 그렇기 때문에 큰 용기가 필요한 일이라고. 무엇보다 너무 사랑해 버린 당신의 생을 기억하겠다고 다짐하는 일이었다. 내게 사랑과 우정을 계승했던 당신을 잊지 않겠다고 다짐하고 또 다짐하며 마지막이 될지도 모르는 당신의 웃음을 부지런히 담았다.

당신을
잊지
않겠다고 一 *

꽃봉오리

희망에 가득 찬 꽃봉오리에게 봄이란
사계절이 될지도 모르겠습니다.

희망에
가득찬
꽃봉오리

용기

당신이 다가오는 날에는
내게 용기를 회복하는 날로 남고.
당신으로 맞이하는 날들에
나는 몇 번이고 용기를 내게 되었다.

용기를
내게
되었다

첫날밤

서로를 덮고 있던 첫눈 같은 밤 나는 잠들 수가 없었습니다.
서로에게 나눠 줄 이야기가 많았거든요.
다시는 오지 않을 거란 당신과의 최초의 밤을 그리워하며
날이 밝을 때까지 끌어안고 다가오는 날들의 꿈을 꾸었습니다.

꿈을
꼭 엮읍니다

밤과 당신

내 세계를 구성했던 그날 밤 혹은 당신.
헤맸고 머물렀고 사랑했을 수많은 밤 혹은 당신.

수많은
밤
혹은
당신.

당신의 곁에서

아름답지만 쓸쓸해 보이는 당신의 미소가 걱정되었어요.
다정하지만 앞서가는 당신의 깊숙한 뒷모습이 걱정되었어요.

고요하게 안간힘을 쓰고 있을지도 모를 당신을 생각하다가
얼마나 울었는지 몰라요.
왜냐하면 나는 당신을 좋아하니까요.

당신의 곁에서.

순간

미뤄왔던 안부를 전하고
용기 내어 사랑한다 말하며
지금 이 순간을 살아가는 것.

용기내어
사랑한다
말하며

익숙한 나에게

나와 가장 많은 시간을 보내는 내가 익숙해도 너무 쉽게 사랑하지는 않도록 복잡하게 나를 알아가길 바라는 날들이 이어지고 있습니다.

「나를
알아가요.

10부

꿈꾸는

너에게

바깥쪽 사랑

너를 만나러 가는 순간조차도 그리웠던 날을 생각하다
내 손에 닿지 않아 반짝이고 있을 네가 떠올랐다.

오래전 밤 쉽게 마를 날 없던 너의 눈가를 생각하다
그만 울거나 사무침에 울먹이지 않아도 될 네가 떠올랐다.

익다 만 너와 나로 굳어질 세상에 먹먹하다
내 곁에서 낡은 이가 되어가지 않음에 안도했다.

많이 사랑해서 나오는 못된 버릇을 아무 말 없이
안아주던 너의 품을 읽는 데 참 오래 걸렸다.

참 오래

걸렸다.

흐르는 일, 다가오는 일

아름답던 풍경이 자욱한 안개에 가려져 경치를 잃었습니다. 벽에 그려진 아이의 낙서에 새하얗던 벽지는 몸살을 앓았습니다. 하지만 안개 또한 그 자체로도 근사한 풍경이 되었고, 아이의 낙서는 그 시절의 추억으로 남았습니다. 당신이 그랬습니다. 서로가 되어갔던 우리가 다시 개인으로 되돌아가는 일. 내 우주에서 눈부시던 당신은 작은 별이 되었고 오래도록 빛났으므로 내가 떠나는 이가 되어갑니다.

흐르는 잎,
다가오는 잎,

발병

당연한 것처럼 누릴 때마다 발병이 났다.
가난한 마음이 되거나, 덜 가꾸거나.
함부로 하거나, 함부로 하거나.

함부로

하거나.

움트는 날들

당신과 내가 어렵게 만나 세상의 모든 예쁘고 못난 것들이
차곡차곡 담겨감을 알았을 때, 나는 그날들을 잊을 수가 없었
다. 긴 여행길에 들어선 우리의 우주는 아주 작은 떨림으로부
터 시작되었을 것이고 각자의 염원에 따라 흐르고 있을 것이
다. 분명한 건 당신이 내 안에 영속되어 흐르고 있는 것이다.
당신은 여전히 내게 불어오고 있었고 등을 쓸어주던 날들이
이어질 것만 같았다.

미지의 나

    나로 계속되는 삶에 자신이 없어서 다른 이의 삶도 경험해 보고 싶었다. 그림 실력이 뛰어난 사람을 선망했던 내가 천재적인 화가 밀레이가 되어 열한 살의 나이로 왕립 아카데미에 입학한다. 자주 멍청한 짓을 저질렀던 내가 저널리스트이자 심리학자인 마르미옹이 되어 멍청이와 바보에 대해 분석해본다. 스스로 해 먹기보단 타인의 요리에 의지했던 내가 요리 연구가 레이첼 레이가 되어 자신만의 분야로 책을 쓰고 베스트셀러의 영광도 누려본다. 그러다가 벌써 지금의 내가 그리워진다. 그들이 도달한 삶을 해낼 자신은 더욱더 없는 것이다. 어차피 나밖에 될 수 없음을 깨달아버린 내게 다가올 미지의 날들을 떠올려본다. 평범하거나 이상하거나, 윤택하거나 가난하거나, 아름답거나 의미 없거나, 씩씩하거나 겁먹거나 그게 문득 궁금해진 나는 조금 두근거리기 시작한다.

어느 날, 안부

어느 날은 내 앞에 이어질 세상이 보이지가 않습니다. 매달렸던 해가 떨어지고 나면 무심한 새벽이 어둑한 기운을 툭 건네듯 말입니다. 그렇게 철없고 못된 날에 서러워 울기도 합니다. 그럼에도 나는 여전히 내게 안부를 묻습니다. 내 작은 아픔도 걱정해 주어야 하는 마음을 알기 때문입니다. 아마 날 너무 잘 알고 싶은 마음일지도 모르겠습니다. 차갑고 따뜻했을 내게 안부를 포개고 나면 한 번 더 고개를 끄덕이는 내가 됩니다.

어느 날,
안부

성간우주

    너와 나 사이에는 공간이 있어. 우리의 흔적을 닮은 공간은 생생하게 살아 숨 쉬며 서로가 함께 채우고 쌓아온 눈부신 흔적들을 담아 더욱 선명한 우리를 만들어 줘. 멀리 떨어진 우리가 많이 사랑해서 나오는 사무치게 그리운 마음이 이어지면 공간은 그것을 알아차리고 우리의 거리를 좁혀주지. 틈이 없을 만큼 넘쳐버린 마음이라면 공간은 기꺼이 자신의 곁을 내어주며 적당한 거리를 만들어 줘. 우리는 이렇게 가까워지고 멀어지길 반복하며 사랑하게 된 걸까. 그렇다면 지금은 가까워진 걸까 아니면 멀어진 걸까. 보이지 않아도 우리의 무수히 많은 시절들이 여전히 남아있을 너와 나 사이의 공간은 앞으로도 고요하게 흔적을 담아 반복하거나 변하거나 그저 머물겠지. 공간을 바라지 않거나 공간을 바라고 있거나 공간에서 쉬고 있을 너에게 작은 소망을 담아 공간에 보내. 너와 나의 사랑스러운 공간과 새로운 미래를 함께 맞이하자고.

ㄱ ㅇ ㄷㄷ

함께 맞이하자고 —

오래된 꽃

　너라는 꽃이 감당하지 않아도 될 짐을 지고 피어갔다. 여린 꽃잎이 담지 못할 계절을 만나 차디찬 새벽의 고독을 보냈다. 꽃은 흔들리는 바람에 고개를 떨궜고 안식 없는 세월을 만나 품어주는 이 없이 쓸쓸한 시절을 보냈다. 그럼에도 지지 않고 피어있던 꽃은 풍경이 되었고 오래가는 꽃으로 남아주어 그 꽃을 발견했다. 오래된 이름을 품은 꽃의 생을 한참 동안 보고 싶다.

한참동안

보고싶다.

잘해보고 싶을 때

돌무리에서 벗어난 돌멩이를 보며 작을수록 많은 세상을 경험했을 거라 말했던 너는 그동안 얼마나 눈부셔 왔을까. 그때는 엉뚱하다 생각했던 일이 많이 아끼는 마음이 됐지 뭐야. 왜 그런 날 있잖아, 너무 잘해보고 싶어서 내가 너무 못나 보이는 날. 그런 날에는 내가 무리에서 벗어난 작은 돌멩이가 되는 거야. 다시 잘해볼 용기는 거기서부터 시작돼. 가장 작은 단위의 나도 씩씩해 볼 수 있다는 것. 윤택한 마음이란 건 어쩌면 커다랗지 않은 마음과 같을지도 모르겠어. 고마웠어. 내게는 없는 마음과 아끼는 마음을 꺼내보고 싶을 때 또 올게. 너도 너로만 지탱할 수 없을 때 언제든지 와.

언제든지

와.

첫사랑

많이 힘들 거예요. 울음이 난다면 우리 같이 나를 꼭 안아주기로 해요. 자신에게 엄격했던 나에게, 남을 위해 희생했던 나에게, 치열한 삶 속의 우선순위로부터 방치됐던 나를 지켜주세요. 자신에게 상처가 될 부정적인 판단은 내려놓고, 내 안의 사랑스러운 점을 믿도록 해주세요.